Sarah Kirsch

Kommt der Schnee im Sturm geflogen

Sarah Kirsch

Kommt der Schnee im Sturm geflogen

Prosa

Deutsche Verlags-Anstalt
München

Kommt der Schnee im Sturm geflogen

Die Schriftzeichen, die für mich oftmals ihre dreidimensionale Gestalt annehmen, meist stehen sie ja im Schnee. Oder meine Handschrift, die sich zu Teppichen verwebt und verhakt, sie liegen unter verschneiten Bäumen. Mit sechsundzwanzig Buchstaben versuchen, das Unsagbare zu sagen. Ich schreibe mich vom Papier weg in Landschaften wohl – es ist die Spur einer davongeflogenen Lerche kurz vor dem Schneesturm, ein weißer Fliegentanz sondergleichen, wie Alexander Blok ihn erfand. Ich gehe auf merkwürdige Baumgruppen zu, stolpere ein Komma nieder, weiße Flecke auf der Landkarte klären. Selbander fürbass im schönsten Fall mit meinem Komplicen, ich höre wie der Schnee knirscht, wie seine handgemachten Stiefel seufzen, wir wissen, dass wir nie ankommen werden. Ich schau mich nicht um, will keine Schneesäule werden. Ein paar Katzen kommen uns entgegen, Fürst Myschkin darunter, die Inseln vor uns sind Gedichte, Inselgruppen, ein chinesisches Schriftzeichen, ein Haus gegen die Unbill des Wetters. Ein Sirren fällt durch die helle Luft, man wird nicht mehr verrückt.

Die Lettern, die Wörter sind Bäume und Landschaften nun. Den Gebilden, welche die Dichter erschaffen, wohnt deren eigene Körperlichkeit inne. Mein Herzschlag, die Ungeduld, atemlos bin ich, und alles ist auffindbar in meinen Spuren. Oder des Erzfreunds Blick wie von einem fernen Planeten. Man geht also in einen fremden Text hinein und weiß nimmer, ob man hinausgelangt. Und es ist nicht gesagt, dass man sich in einem Roman längere Zeit aufhält als in einem kurzen Gedicht. Kann auch geschehen, dass man letzteres niemals wieder verlassen will. Habe meine Lieblingsstellen im Mondschnee, zu denen ich mich vorzugsweise begebe. Ein paar eigene, aber viel lieber halte ich mich in denen meiner Abgötter auf. Oder ich bin krank. Habe endlich die berühmte Influenza und schönes hohes Fieber. Und mein Komplice, der aber auch der lebende der Abgötter ist, sagt mir durchs Telefon: Nun leg dich aber nieder! Und nimm das Elfte Weiße Pferd mit, ich les das auch grad. Es ist ein Buchtipp, doppelte Freude und ein Schneegestöber sondergleichen.

Ich sitze am Fenster an diesem 3. Jänner und sehe ins Weiße wie auf einen großen Bogen Papier. Weht Nebel über den Schnee, den schneeweißen Himmel und die verschwimmenden kleinen und größeren Bäume. Die Leitungsmasten, die schneeträchtigen Dächer der wenigen Höfe sind schwer zu entziffern. Ein roter Punkt taucht am Anfang des Blattes auf, ein Siegel, und die Strahlen sind abgefressen so früh am Morgen. Ich sehe einen kleinen Schwarm Ringdrosseln in meinen benachbarten Pappeln, die entblätterte Rosenhecke davor und die kaum wahrnehmbaren Konturen des Mühlsteins unter dem Schnee. Mein Text, den ich von Stunde zu Stunde besser sehen kann, geht folgendermaßen, und wenn ich ihn fertig buchstabiert hab, sitzt in der vierten Pappel die Venus fest, und der Halbmond versucht sich von Osten zu nähern. Ein Tag ist vergangen. Der Text, den ich hinschreiben konnte, er geht bisher so:

Styx

Und irgendwo werden
Am Ufer die
Gedichteabschneider
Warten mit ihren
Verbindlichen Gesichtern.

Wenn ich es niederschreibe, so bin ich nicht eigentlich ich, sondern auch Andere, die vor mir gelebt haben, mal bin ich ein heulendes Kind, mal sein furchteinflößender Vater, oder eine Alte hier aus der Gegend, der zufällig ein Stör ins Netz ging. Die Bäume blühen im Schnee, ich gehe darunter, bin dieser und jener, auch das Königswiesel, das vorüberweht in den dunklen horizontalen Flocken eines veritablen Schneesturms.

Verlässliches

Wir kamen an den Gehöften, der Wagenburg an der Fähre vorüber, kein Mensch war zugegen nicht einer. Über den Steg am Schöpfwerk. Bis an den Bach. Der Himmel, dort wo die Sonne so wegsank, Farben wie ein vergehender blauer Fleck, seltsames Gelbgrün und Rosa. Die Gegenwelt mit dem Mond in einem Blau, wie ichs verwende. Der Ponyhof hatte seine Lichter geflutet, geisterten durch webende Bäume. Kam mir vor wie ein Haus der Drei Schwestern. Wolken schwammen, violette Maulwurfshügel lagen zu Füßen und die Schafe auf dem entfernteren Deich erschienen als ruhende in der Mitte durchhängende Kette. Das Wasser in den umgebenden Gräben glatt stahlblau mit fester Haut. Machte der Mond einen flötenden Mund, hatte einen Hof wie ein orthodoxer Heiligenkopp gleich in Kreuzform. Eben noch war er halbiert gewesen, wir erinnerten uns aber nicht genau, wann wir ihn so sahen, weil ja vieles geschah. Flogen Kiebitze und ein einsamer Reiher, rief noch der Kuckuck. Gerade besprachen wir die Abenteuer Old Wabbles in ihren Einzelheiten, und ich sagte auf langstielige Gänseblümchen deutend, schau wie ordentlich sie zugemacht haben. Ja das tun sie doch jeden Abend, seine Antwort. Vor dem Westhimmel verschiedenes Grün auf den Koppeln, nasse Stellen anscheinend durch liegendes spiegelndes Schneidegras. Das Mondlicht war jetzt so stark, dass wir feste Schatten besaßen und ich die Möndchen seiner Fingernägel erkannte. Rezitierten das schönste hannakische Gedicht aus dem Dreizehnten Schwarzen Pferd.

Bewegung

Es sind kühle Sommertage hier und jeder ist herrlich und selbstverständlich, dass man lachen muss trotz andauernder Erfahrung im Landstrich auf der Höhe des Meeres. Es langweilt mich nie, die Heuwiesen abzuschreiten, ich bücke mich nach einer Kiebitzfeder mit schwarzer Spitze, der Wind rauscht rauscht wie immer, und in der Nähe des Hauses ändert sich der Ton dank eifriger Pappelblätter wie es geschrieben steht. Die Gänge im verschiedenen Licht prägen sich ein, obgleich sie auf nahezu gleiche Art täglich geschehen. Es gibt die Epochen der Falter und der Libellen, der Bussarde und Reiher. Als mir das Wiesel begegnete, verharrte, wenn ich verharrte, lief wenn ich ging. Wiederholt sich in aller Geduld. Es sind kleine Begebenheiten mit Accessoires, die im Gedächtnis bleiben, wenn vielleicht eine besonders aufgespannte Wolke über die Ebene zieht. Das Land ist so flach, wie man es selten auf der Welt findet. Jede Wolke steuert auf dich zu wie ein Schlachtschiff. Und es gelingt nicht, Entsprechungen für Berlin zu beschwören, wo ich die Suarezstraße täglich abschritt. An Gebäuden mit Läden und Menschen entlang, denen ich ausweichen musste, und wenn ich mir Details ins Gedächtnis zurückrufen will, fällt mir nur das Geschäft des Restaurateurs und Vergolders ein, den ich manchmal durch die

Scheibe hinten in seiner Werkstatt erblickte. So ich mich also durch die Straßen einer Großstadt bewege, gelange ich nie in den Zustand zärtlicher Ruhe, der mich mit aufgerissenen Augen gehen lächeln und träumen lässt. Da kann es nur Irritationen geben und der Blick ist verletzt. Solch Häppchen Himmel, wo käme Gelassenheit her. Hier aber stellen die Töne des Himmels, seine Ungeheuerlichkeit eine Brüderlichkeit her zwischen dem Ort, der langsam verstreichenden Zeit. Ein Urvertrauen teilt sich mit, wenn alles jahrzehntelang unverändert geschieht. Das ist es wohl, was die Seele zum Handstand veranlasst.

Lichtzeichen

Die Nebel zwischen dunklen Gewässern. Über die Wehrmuthsteppe krochen sie hin, vermehrten sich, gaben einen geblümten Busch frei. Der Halbmond korrigierte die Neigung, stand auf der Spitze. Es war die Johannisnacht, die Himmelslichter so weit im Norden, sie gingen auf um Mitternacht. Zuerst der Planet über dem Horizont, Venus weißblühend viereckig. Dann der Polarstern. Die Krone schwebte über dem Fluss. Von Süden wehte ein Sepiadrache heran, und auf dem Steppenpfad in der schimmernden Nacht unter den Nebelgespenstern tanzte mein Luftgeist. Breitete die erhobenen Arme aus. Einen zum Mond, den anderen zur Venus. Himmlische Kräfte durchzuckten ihn, ich sah Flammen zwischen den Fingern. Später hatten wir die Venus aus den Augen verloren, die helldunkle nördliche Nacht machte, dass wir Zweifel hegten, den erdnahen Planeten an dieser Stelle jemals gesehen zu haben. In diesem Flachland genügt eine Gruppe mittelstarker Bäume, etwas verschwinden zu lassen. Die wilden Ziegen starrten uns lange an, eh sie stampfend entwichen. Wir kehrten nach Hause zurück, sahen hinter dem erleuchteten Fenster uns am Holztisch sitzen, so dass wir leicht durchgehen konnten.

Waldmensch

Hat mich in seine Wälder gebeten. Wo auch immer sie lagen. Da ging ich gern hinter dem, sonst widerstrebte es mir, einem zu folgen. Auf der Netzhaut eingebrannt die Silhouette von Waldmensch. Der Brustkorb gewölbt von der gebunkerten zärtlichen Luft. Fremd in den Schluchten der Städte und in sich verknotet, bewegt er sich elegant wie ein Schwarzer auf eigenem Boden. Es existierten Zebrastreifen für Weberknechte und Käfer. Ach verbreitet er hochgemut Ruhe, verliert nie die Richtung. Ein herrliches Rauschen saust der Wind über uns hin, findet sich nicht aus dem Tann. Wir durchkämmen die gewölbten Haine lachend und stumm auf der Insel, Bärlauch putzt uns die Schuh. Die Bluebells renken nach ihm die Hälse sich aus. Verlorn die Köpfe. Nichts Schönres wahrhaftig auf der Welt als ihm folgen. Ich höre mein Herz knirschen gegen sich selber.

Schreibgründe

Eigentlich schreibe ich immer. Ich bin ein Schädling von der vernichteten Papiermasse her und tue gut daran, in jedem Jahr mindestens zehn Bäume zu pflanzen. Vor allem ist Schreiben eine körperliche Sucht. Der materielle Vorgang schüttet Adrenalin gallonenweise aus. Der Weg vom Hirn über die Hand durch das Schreibgerät hin aufs Papier erfreut mich maßlos, ist eine alltägliche Übung, die einen rituellen Anflug besitzt. So brauche ich herrliche Papiere, edele Schreibgeräte. Am liebsten Sepiatinte aus dem Tintenfass für altmodische Füller, Journale mit hinreißenden Einbänden, aus Fierenze zum Beispiel, oder Nepalesische Tempelpapiere sogar. Ist wie gesagt schlicht eine Sucht. Wenn der Faber Castell aus schwerem Silber über toskanisches Papier schwebt, mit lotosblauer Tinte vielleicht, so bin ich gleich glücklich. Bedarf es nur noch eines gerade entstehenden Textes, gerät die Sucht zur Ekstase. Das geschieht siebenmal in einem Jahr. Passiert nur Dichtern, nie Prosaschreibern. Selbst wenn ich einen von denen noch so gern hätte, würde ich bei dieser Aussage bleiben. So wie es Malgründe, Fischgründe gibt, muss es Schreibgründe geben. Weshalb ich schreibe, weshalb ich lebe fällt ja zusammen. Weil ich herausfinden will, was ich hier soll. Auf diesem seltsamen Planeten.

Ob das einen Sinn macht, dass ich hier ging. Weil es mitunter hübsch ist, ein anderes Mal schrecklich, im Ganzen aber absurd und witzlos.

Lerchengesänge

Mitte Februar wenn es windstill ist kannst du zarte Lerchengesänge erkennen. Du gehst auf dem einzigen Weg zwischen den Koppeln, hörst plötzlich ein fast vergessenes Liedchen, so lang ist der Winter in diesem Landstrich, er reicht von Anfang September bis Ende Juni, das hat eine harte Spezies dieser geringen Vögel hervorgebracht, dazu geführt dass du vieles vergessen hast. Was in einigen Fällen schon glücklich macht. Du schaust nun in die Höhe, von dort scheinen die Klänge herunter zu fallen, aber du kannst keinen Vogel erkennen, so tief hängen die Wolken. So vollgestopft, dass die Flügelschläge der stürzenden Lerche den Schneefall erzeugen. Zwei Wochen weiter kannst du die Brutgeschäfte der Lerchen observieren. Perfekte Anpassung der Erdenbrüter hat mit sich gebracht, dass die Kinderstuben in kleinen Iglus erfolgen, ausgehöhlt von den Flügelschlägen der Eltern.

4. Märzen 99

Wir lesen bei Göthen in Francoforte, tot oder lebendig haben wir gesagt. Im Telefon und darüber gesprochen, ob Krähen sich treu sind. Ich hatte von den hauseigenen erzählt, wie sie sehr weiträumig aber stets miteinander fliegen. Er meinte, sie wären einander treu. Ich sagte bei dieser Schwärze – es fällt gar nicht auf, wenn er schon wieder ein anderer ist. Du denkst immer an so was, die Antwort.

Postkarte

Der alte Eselsstall ist in der Nacht vom Sturm umgedreht worden, auf sein Pultdach gestellt, wie ein Balkon hängt er über dem Fluss. Und nun, kurz nach seven o’clock geh ich spazieren. Herrscht geballte Finsternis mit einem Zitronenspältchen von Mond, dünngelutscht. Schaun, ob ich aufm Rückweg ein rosa Schein vom Fluss her sehe. Hübsche Spuren im Schnee, auch solche von einer Maus: immer vier Pfötchen und ne Schleifspur vom Schwanz. Bis zu dem alten Apfelbaum bin ich gekommen dem es nicht gut geht. Jahrzehntelang nasse Füße.

Aufwärmen

Sie sind hier, und ich bin ebenfalls hier – da Sie die Mehrheit abgeben, scheinen Sie etwas von mir zu erwarten, was könnte es sein. Nicht, dass ich schweige oder diese Bücher zerreiße – obwohl ich zu beidem fähig wär – letzteres weil es meine, aber nicht die einzigen Bücher sind, solche, die ich an jeder Ecke zu der Zeit bestellen und wieder erwerben könnte, jetzt und ein paar Jahre rein in die Zukunft, also das ist es nicht, was Sie von mir erwarten. Eher, dass ich dieses Mäppchen aufschlage, irgendwo loslege, ja und so taufrisch Ihnen das herbete, als wär es gerade aus meinem Schreibpult geschlüpft. Sie hören den Deckel desselben leise rumoren, was soll nun werden. Ich lese gleich einen Text, und dann wieder einen, und noch ein paar andere, und auch Texte zu Texten, und Sie können annehmen, es geschehe, Sie zu belehren oder Sie bei Laune zu halten oder es böte Gelegenheit, mich für die Möglichkeit, die ich hier hab, gebührend zu bedanken, oder ne Weile später alle oder die meisten grob zu schockieren, Publikumsbeschimpfungen sind eine gängige ergiebige Kunst-Art, Kunst-Kunst meinetwegen, aber es könnte ja auch sein, dass ich diesen Text steigen lasse wie einen schönen beweglichen phantastischen Drachen vielleicht am Strand von Rømø, das liegt im Dänischen drin, und er fliegt schon ganz wacker, ich muss die Schnur nachlassen, kaum dass ich anfing, erreicht er Höhen, in denen Möwen und Albatrosse spazierenfliegen, laute zänkische Möwen, die sich später auf Kaminen niederlassen, dem Küstenbewohner Übles nachsagen, was er mit Gleichem vergilt, aber der hübsche schimmernde Drache, in diesem Jahr englischrot in der Form eines Oktopus, seine winddurchströmten herrlichen winkenden Arme, die wir gleich zu zählen beginnen, oh seine hochmütigen fischigen Augen, er hat Sie längst überflogen, wie meine Stimme Sie, die ehrenwerte Versammlung an diesem und anderem Orte, schon vorher Märkte, fürchterliche Säle von Schulen, gar Volkshochschulen – so bin ich mit mir zufrieden, mit Ihnen ja auch, weil Sie mich nicht unentwegt stören, ich mich an Ihren Anblick gewöhne, es mir später gelingt, Sie glatt zu vergessen, zurückzulassen wie einen x-beliebigen Bahnhof zur Hauptverkehrszeit und Obacht gebe, dass man mir nicht auf die Füße tritt, die Knöpfe nicht abreißt, und meinen kleinen silbernen Koffer durchgehen lässt, ohne etwas darin zu beanstanden, ich lese also über die geschätzten Häupter, circa 300 Stück weg, höre meine vertraute Stimme, wie sie von Reihe zu Reihe springt, die Augen sammeln heute blaue Töne, steht nicht jedem, es gibt sehr viele seltsame Blaus, aber die Blaugraus und Graublaus sind mir die liebsten, in der vierten Reihe links eine taubengraue empfindsame Seele, und schräg davor eine türkisene, auch die wie grüne Seife erscheint, interessiert mich, und für sie, das Auditorium, lese ich also die Nebendrachen, den Hauptdrachen, und wieder einige Nebendrachen, wobei der Witz darin bestehet, sie nicht zu bezeichnen, und wie gesagt befinden die sich in dieser Saison über den Dünen an der Keltischen See hauptsächlich in Gestalt eines Oktopus, der sich vom Wind was einblasen lässt bis in die letzte Tentakel, und jeder, auch der winzigste und entfernteste Oktopusdrachen ist auf meinem eigenen Mist noch gewachsen, na da bin ich gespannt, was Sie sich, und später mich, fragen werden, worauf ich auch nicht antworten kann, ich erinnere mich an keine interessante Diskussion nach einer Lesung, denke entzückt nur an die Stille, die in ein paar Stunden in diesem Raum wieder herrscht, wenn wir gemeinsam den Ort hier verlassen, jeder bereichert, ich mit dem Honorar, uns wieder vereinzeln, was das Schönste an solcher Zusammenkunft ist: ihre Begrenzung.

Eine Poetikvorlesung – na Mahlzeit!

Meist habe ich mich gedrückt, wenn ich in die Nähe einer Äußerung zur Poetik geriet. Bin standhaft gewesen, nun eine Spätberufene doch. Ich bin ja die, die nicht mal bei einem Preis eine Rede macht, weil sie sich sagt, das was ich am besten kann, das sind doch Gedichte, oder kleine oder etwas größere Prosa, basta basta. Selbst wenn sich alle angeblich bei einer Preisverteilung auf die Rede schon freun, und es nach Ansicht Einiger anständig wäre, eine solche zu halten. Weil ich mich als Praktikerin einfach erachte. Und nicht auch noch den Literatur-Wissenschaftler mime, da steh mir Gott! bei. Meine Devise, die ein Tabu betrifft, klingt so: nix über das Schreiben schreiben, weil das das zu Vermeidende par excellence ist. Und nun doch ein Saal und Sie hier, und ich wahrhaftig auch hier? Aufm Katheder? Ich träum nicht, Sie träumen nicht, ich muss hier 45 Minuten bleiben und noch viermal wiederkommen und red um mein Leben, wie Scheherazade bei ihrem Tyrannen. Ja es ist aus dem Überlebensgebiet und gehört ab jetzt zu meinem Berufsbild. Was aber wirklich (really!) bezaubernd an solcher Vorlesung ist ist, dass man über Gott und die Welt und ein Pappelblatt reden kann, jedenfalls wenn man ein Dichter und kein Wissenschaftler oder gar Kritiker ist, was Gott und die Welt und die

Pappelblätter, die, während ich hier schreibe, gerade wieder dabei sind, abzustürzen von ihren Ästen – also gnädig verhindert haben, ich bin frei wie ein Vogel, und ich kann über alles reden und schreiben, wie mir der Schnabel gewachsen ist, und ich will mich erst recht nicht irritieren lassen durch andere Poetikvorlesungen, mitunter aus dem Stasigebiet – mitnichten, weil und obgleich ich eine Begrüßerin geöffneter Akten schon bin, und die Möglichkeit, darin zu lesen brachte schließlich das Erlebnis zurückgespulter Biographie, und war Menschenkunde für die Einsichtige da, OV »Milan« von Freund und Feind und »Verleger« verraten verkauft. Empfand es auch als ne Art Universität im Sinne von Gorki – also ich versuche, aus meinen Büchern das herauszufischen, was sich auf Schreiben bezieht, direkt oder indirekter, und das betreibe ich, und dabei schweife ich ab, lese manches Vergessene wieder, und seufze wo die Zeit geblieben ist, eben bin ich noch in Wiepersdorf, dann bei der Ausreise schon, und immer habe ich geschrieben, mir fällt diese Serie im TV ein, nein nicht Rudi Carell – »Literatur nach 1945«, wo ich mit meinem Klemmrücken sitze – immer hab ich einen Klemmrücken mit unveröffentlichten Texten wie in der Sendung also mit dem schönen grünen Kleid, welches ein kleines Cape besaß, und nun bin ich hornalt, und es sind ne ganze Menge Seiten, die ich durchforsten muss, bis ich diese genannten Texte aufgespürt habe. Das sind nicht zu viel aus 16 Bänden und 40 Jahren, weil ich stets noch glücklich vermied wie gesagt über das Schreiben zu schreiben, so ist es wenig und unmittelbar, weil ja Sekundärliteratur, wie Arthur Miller gesagt haben soll, gefährlicher als die Atombombe ist. Eine Atombombe vernichtet eine Stadt, die Sekundärliteratur vernichtet alles. Abschreckende Beispiele vom Schreiben über das Schreiben fallen mir ein, eine Gattung Romane, wo der Protagoniste an Schreibhemmung leidet, und das geht den halben Band so, da hör ich die Nachtigall trappeln: Schreibhemmung gäb es per se viel zu wenig.

Aus meiner Faxerei

Der tagelange Nebel hebt sich, alsbald tritt die Sonne hervor auf ihre sehr schräge Bahn. Wohne auf einem Teller. Bekam ein Fax aus poetologischem Gebiet, weshalb ich es nicht verschweige. Betreibe mit Gioacchino, was aber nicht sein richtiger Name ist, seit ein paar Wochen eine arge Faxerei zu allerlei Gegenständen. Gioacchino war auf einer Tagung der Akademie für Sprache und Dichtung mit dem Arbeitgeberverband Gesamtmetall, und es sei lehrreich für beide Seiten gewesen. Früher tagte man mit dem Arbeitnehmerverband, aber wir sind alle bloß Menschen. Herrschte ne gewisse Gehemmtheit. Gioacchino hat dem Geschäftsführer K. des Verbandes privat dann erklärt, von Seiten der Schriftsteller beruhe die Hemmung wohl darauf, dass sie sich materiell unterlegen fühlen. Darauf sagte K., von Seiten der Arbeitgeber beruhe die Hemmung darauf, dass sie sich gegenüber den Schriftstellern geistig unterlegen fühlten. Das fand Gioacchino sympathisch. In der Diskussion vertrat der Geschäftsführer K. die von der katholischen Soziallehre beeinflusste Meinung, die Arbeitgeber müssten allmählich einsehen, dass sie eine gesamtgesellschaftliche Verantwortung trügen. Ob die Schriftsteller nicht auch eine gesamtgesellschaftliche Verantwortung hätten. Gioacchino hat ihm widersprochen. Wir seien nicht für Arbeitsplätze und Arbeitslose verantwortlich, wir seien Individualisten mit dem Anspruch auf die Autonomie der Kunst. Die gesamtgesellschaftliche Verantwortung etc. laufe leicht auf so etwas hinaus wie Staatskunst. Das hat K. eingesehen. Es war interessant, schreibt Gioacchino, welche Vorstellungen K. von unserem Job hat. So meinte er allen Ernstes, Schriftsteller und Verlage müssten Marktforschung betreiben, um herauszufinden, welche »Produkte« gebraucht würden. Entsprechend den Ergebnissen würden Schriftsteller dann Bücher schreiben, d. h. »Produkte« herstellen, die vom »Verbraucher« dann auch angenommen würden. Na bravo! Ich habe schon Tränen gelacht. Und Moses, der gerade mit seinem Kaffeetopp vorbeizog sagte, die Marktlücke Schund sei aber schon längst besetzt. Mir fiel noch der alte DDR-Slogan ein: »Meine Hand für mein Produkt!«, womit man dann beim Fundamentalismus und Salman Rushdie wohl landet.

Erscheinungen

Welcher Art ist das Licht, an den Plafond geworfen vom Schnee? Ich bin gehalten, mir Giovannis Quartier oft vorzustellen, und es erschöpft mich im Winter. Einen Ort sich im Sommer erschaffen ist leicht. Aber im Winter. In einem ungewöhnlich harten zumal, einem der zu schneereich ist für einen Villino. Gerade wurden die Oliven geerntet, schon ist er eingemauert gefangen samt seiner Spinne, heranrudernden Katzen. Während ich das Prosastück von der Heimwendung der Pferdenase übersetze und die Fasane und Häher sternförmig auf meinen Garten zustreben.

Dear Scotti

Actaea spicata, wie die Pflanze lateinisch benannt ist, gehört zu den Hasenfußgewächsen. Als Lieblingsstandort gelten die feuchten, die Schluchtenwälder im wenigstens gemäßigten Klima. Actaea spicata wird in den alten Schriften als magisches Allerweltskraut gehandelt. Die Früchtchen, Dear Scotti, sind giftig aber berauschend. Der Saft der Wurzel hilft gegen Pest, Asthma, fördert das Schwinden der Liebe. Der heilige Christophorus per se ist der Schutzheilige gegen Ratten und Pest. Der lateinische Name der Pflanze leitet sich vom Jäger Actaeon ab, welcher die nackte Artemis heimlich beobachtet hat. Wurde zur Strafe in einen Hirsch verwandelt, von den eigenen Hunden zerrissen. Welche zuvor von Artemis mit Christophskraut rasend gemacht worden waren. In einem Buch von 1750 steht: man kann damit sowohl Jemandem Übel anhexen, wie auch diese entfernen, so man es ihm ins Bette legt. Einer Hexe vor die Kammer geschoben, hindert es sie, hervorzutreten. Dear Scotti, sehr bald bekommst du ein mustergültig Herbarexemplar, jetzt wo alles zu spät ist.

Nebel kam auf, die Eschen verdampften

Eines Tages, aber noch im alten Jahrhundert, da galt es eine Auflage des Grünen Lindwurms (nun ins Blaue changierend) zu feiern und anzuzeigen, des *Deutschen Wörterbuches von Jacob und Wilhelm Grimm*, ich sollte die Reklametrommel ordentlich schlagen. Machte ich glatt for die schöne Erscheinung. Ich selber wüsste ja nicht, was ich ohne die 33 einzigartigen Bücher anfangen sollte an manchem Tag. Ich surfe nicht im Internet, ich surfe im Grimm. Bleibe an seltensten oder gebräuchlichen Worten hängen, die hellen die dunkelen Landschaften zu verschiedenen Zeiten tun sich auf über Stunden. Und zum Exempel gegeben finde ich immerzu! immerzu! schöne unbekannte Strophen zu meinem Ergötzen. Im Band 8 *Glibber bis Gräzist*, was auch der Lieblingsband meines Kindes ist, unter dem Schlagwort *glucksen*:

> überm haus braust der wald
> kommt die kirschenblüth bald.
> knarrt die stadelthür leis,
> gluckst das wasser im gleis.

Morgenroth

Habe mich aus dem Staube gemacht großer Komete, dass ich die Bahn dir nicht kreuze, erster Anblick am Morgen. Könntest mich möglicherweise einem Unthier hingeschenkt haben, das dir aus der Bredouille geholfen

Elephant, unweise

Nun hab ich mir wieder injekricht und kann dieses Geburthaus erst einmal Jahrzehnte vergessen. Außer ich schlaf drin, wenn ich im März für Steidl in Jena, Erfurt, Weimar noch lese. Kommt mir aber sehr umständlich vor, muss der Transport langwierig geregelt werden. Schlaf ich lieber in Weimar im Elephant und so weiter. Im Hitlerzimmer im Elephanten. Gibt es im ehemaligen Arbeiter- und Bauernstaat. Ich sach dazu nüscht!

Gewandhaus

Ein großes Wolkengebürge mit Sennhunden und schlafenden Murmeltieren darin ohne abtauende Gletscher vor meinem Schreibzimmerfenster gethürmt. Kam ein Aufsatz von Willie aus Halle über Reil. Wie er auf seine Zeitgenossen eingewirkt hat, Berichte über die Zustände in und um Leipzig während der Völkerschlacht an seinen Minister. Das Gewandhaus war Lazerett ohne Hilfskräfte, die Kübel, sie liefen ja über, der Kot wälzte sich die Treppen runter wo heute Konzertbesucher schlendern und plaudern. Willie geht in den Zeiten herum, und es ist alles gar nicht lange her. Wir waren gerade noch Affen. Der Musensohn aber behauptet, die CD, die ich schickte, sie erklänge nur bis zur Hälfte, das sei so bei Selbstgebrannten. Ich hab sie aber ein paarmal gehört, den Orientexpress von Winter & Winter. Also der reine Verfolgungswahn. Am besten da schickt man nix hin.

Das Haus

Das Haus ist aus gelben Steinen gebaut, aus seinem obersten Fenster kannst du über den Fluss nach Osten sehn. Im Parterre hast du den Deich vor der Nase. Oder den verwilderten Garten. Und vorm Küchenfenster die Eselswiese.

Wenn du vor dem Haus stehst und dich mühsam am Rosenspalier unter dem Fenster hochgezogen hast, was nicht ohne Blutspuren abgeht, so kannst du im Ostsalon die zufällig anwesenden Personen betrachten. Ein und der andere Mensch, diese und jene Katze, Kinder aus der Vergangenheit.

Das Haus ist seit zweihundert Jahren und bis vor kurzem eine Zwergschule gewesen.

Es ist vorgekommen, dass wir von außen ins Zimmer schauten, uns auf bunten Teppichen herumalbern sahen. Das ist die reine Wahrheit, und man gewöhnt sich daran.

Hohes Fenster

Graumütig ist mein Herz und
wolkenreich

In einer Nacht aus Regen und Sturm während ich schreibe, nähere ich mich dem Orte, da Prinz Jussuf, der von Theben, alias Abigail und Consorten, geboren wurde. Bin begierig, die Stadt real zu sehen. Das Gegenbild wohl, der Abklatsch ihres inneren Landes. Doch vieler Liebesworte Ausgangspunkt auch. Bin auf alles vorbereitet. Je furchtbarer, durchschnittlicher, bürgerlicher der Ort, desto näher würde ich mich an den Fundamenten ihres zaubrischen Reiches befinden. Ein Wolkenreich auch wie meines im entsetzlichen Hochhaus voller Genossen und Spitzel. Da war sie mein Halt. Auf irgendeine Weise waren »Nachrichten aus dem Köselverlag«, in Berlin-Mitte schon Konterbande, hier eingedrungen mit dem Schriftbild des Gedichtes »Ein alter Tibetteppich« von Josua Reichert. Es hing über dem Spültisch schrecklicher Einbauküche als mein Skelett. War ja selbst unterwegs wie die unermüdliche Schwärmerin, »ein hübsch klopfendes menschliches Herze erbeuten – vergebens« wie ich dort schrieb. Und etwas hat mich fast übern Rand des Planeten, aber schließlich nur den der

Landesgrenze geblasen. »Alles bekannt! sagt Jussuf in meiner Küche. Blickte interessiert durch das hohe Fenster auf den Betonplatz vorm Haus, wo unser kaum erkennbares Kind mit dem Trittroller fuhr.

Immer wieder

Im Abstand von Jahren ertappe ich mich, dass ich bei dem Wort Untiefe wie in der Kindheit dem Trugschluss erliege, es wäre von un-heimlich heftiger Tiefe die Rede. Dass die Vorsilbe un- in diesem Fall nur »nicht« bedeutet, geht mir oftmals verloren. Befinde mich schnell im Zustand früher Un-Wissenheit, denke mich klafterweise hinab, weil mir nie plausibel wird, dass das Gegenteil von etwas Furchtauslösendem wiederum gefährlich sein kann. Während eine Un-Menge Irrtümer sich nicht aufheben werden. Es muss in meinem Kopp einmal etwas in ein falsches Schublädchen ringeflogen sein, und stets find ich es dort wieder.

Lieber Donny

Die Chose da in Winzigerode, wie ich den Ort jahrzehntelang nannte, weil er so unerreichbar und Sperrgebiet war, also die dreitägige Eröffnung sog. Dichterstätte gestaltete sich manierlicher als ich gedacht hab. Wir gelangten ohne Stau bis nach L., in das Haus, wo gerade Schülerinnen in einer Art gestischen Theaters Gedichte uffgeführt haben. Mit a bisserl Licht und Schatten und Spiegelscherben. War sehr hübsch, ein heller gesprenkelter Tag. An dem symbolischen Schlüssel am nächsten Tag hab ich mich schier verrenkt. Nach allem Brimborium war ich später erfreut über die Heimwendung der Pferdenase, wie in den alten japanischen Schriften der Rückweg einer mühsamen Reise genannt wird. Drei Tage nahezu keine Minute alleene, das ist anstrengend für meine eremitische Person, wirst du mir glauben. Wo ich am liebsten in diesen Sümpfen, in meinem Pfahlbau hier sitze. Die roterdige gewellte Landschaft dort war allerdings hübsch, Pfützen wie Blut hab ich gesehn. Und mein Herz ist jetrudelt, als ich das Haus nach längerer Zeit wieder sah. Weil ich es nur als Schutthaufen kannte. Besser hätte es meine windige Vorstellungskraft nicht erschaffen können, wie es nun auf dem Berg stand. Die Treppe ne Freitreppe fast, neun große Fenster allein die

Vorderfront, mit ville Flügel, jedes Fenster zwanzig zierliche Scheiben. Die Fachwerkbalken ein südliches Gelb mit einem Touch Zitscheringreen, wie auch die Eingangs- und Ausgangstüren. Oh das Geburtshaus sieht elegant aus! Hat also hingehaun, dass ich for es mein Pseudonym dargebracht habe. Ohne dasselbe wär es ganz hin und weck. Und dass alles mit der Restauration des Taufengels anfing, beruhigt mich. Ich will ja keene mitm Museum zu Lebzeiten sein. Das ist ne Art Kulturhaus und basta. Meine Thüringerinnen werden keenen Personenkult treiben. Und Erdmuthe von der Unteren Denkmalbehörde will ich sagen, dass die authentischen Sprossenfenster, das bezaubernde Gölb, die anderen Farben ein Glücksumstand sind, wie andere Einfälle, ich sage nur *Junipfad* und *Gesammelte Stühle*, die geduldige Durchsetzungskraft von Heidelerche, Eva, Karin, dem ganzen Verein. Sehr erfreut das Aug schließlich das alte Nordhäuser Straßenpflaster, welches das Haus itzt umgibt. Ach es wird dich interessieren: ein Hund war ooch mit drin in dem Eröffnungstrubel, als ich fast schon klaustrophobisch wurde. Ich hab gesagt, er dürfe selbstverständlich mit rin, und nun ist das ein für alle Male für sämtliche Dichter und armen Hunde geregelt. Es gibt viel zu entdecken, ich war zu kurz an Ort und Stelle. Eines Tages werde ich in den Bleicheröder Bergen mit meinen unbekannten Orchideenfreunden die bleichen Waldvöglein, die Kuckucksblumen, das Wanzenkraut suchen. Dann bin ich in meinem Geburtshaus drei Nächte allein, sitze stundenlang auf der Treppe. Der Großvater schlurft durch den Flur, strebt in die Kirche. Gefolgt von der polnischen Katze, die bei der Predigt ooch mit auf der Kanzel erscheint. So isses gewesen in der frühen Zeit. Zuletzt gehts abwärts in das alte Gewölbe, und siehe, es ist eine erlesene Bar, von unserer Malerin dekoriert, unübertroffen an Seltsamkeit. Ein Glanzstück, das i-Tüpfelchen eben, das die Damen und Herren vom Förderverein Ende 2003 in der Silvesternacht eingeweiht haben. Bei der Heimwendung der Pferdenase seh ich das kleene Dorf im Abendgold liegen, alle Häuser ebenso an die Erdgasleitung angeschlossen wie meine Pfarre, und noch vor kurzem haben sie mit ein paar bemitleidenswerthen Öfen mehr oder weniger gestunken und gefroren.

Herbstanfang

Ach dieser verrissene Sommer. Roter Wein und grünes Glyzinienlaub um meine Fenster. Ein Armvoll nachgereichter Rosen sogar. Wie ein Fuchspelz leuchtet das Moor. Hübsch ist es hier und die Bauern verteilen gelassen Gülle zu jeder Jahreszeit. Hat etwas Irres an sich: sie brauchen immer mehr Kühe, um subventionierte Butterberge, Milchseen zu produzieren. Die Gülleverordnungen sind gelockert und unüberprüfbar. Das ist der Rinderwahnsinn. Und weil das Reklam-Bändchen mit den Hopkins-Gedichten vergriffen ist, habe ich angefangen, meines für den Correspondenten gern zu kopieren. Wird nicht makellos, da es sich bei der Vorlage um minderes, durchscheinendes Papier ja handelt. Dennoch sind diese Gedichte mehr zu gebrauchen als die noble Ausgabe von Galrev, wo die Jungdichter derart altertümelnd übersetzten, dass es einem die Hackenschuhe auszieht. Die Leuchten vom Prenzlauer Berg haben einfach versagt. Die Pläne der Mäuse und Dichter glücken nicht immer. Das Buch ist nutzlos, selbst wenn es das englische Original anbietet. Es kränkt, nein, es ist eine Beleidigung, auf diese Übertragungen zu blicken. Selbst wenn es nur flüchtig ist. Und während ich hier unter dem Dach kopiere, die Krähen über mir schlurfen, fällt mein Blick erst auf eine Seite, dann eine Zeile, und ich denke, die Formulierung gibt es ja bei mir auch. Ich suche und finde einen Text, den ich vor knapp einem Jahr hergestellt hab, und darin diese Wendung. Sapperlot! Damals versank ich nicht in diese Verse, die fragliche Zeile steckt bei ihm in einem ellenlangen christlichen Riemen, den ich wohl niemals eindringlich aufmerksam las, wenn ich den Dichter auch besonders verehre. Habe ich zufällig die gleichen Worte gefunden, was aus dem ähnlichen Umfeld, ja sogar Bibelkenntnissen herrühren kann, oder ist mein Blick doch durch dieses Gebilde gewandert, und mein Hirn hat alles gespeichert? Das führt mich doch wieder zu dieser Theorie, die ich erst selber aufstellte und seither vertrete: dass Dichter im Gegensatz zu den reinen Prosaschriftstellern Genies mit schlechtem Gedächtnis sind. Die etwas nehmen und weitertragen ohne Bewusstsein. Und es gibt sie die Bruderschaft unter den Dichtern, die sie berechtigt, nein verpflichtet, bestimmte Steine weiterzutransportieren durch die Zeit. Verrückt ist es dennoch.

Was mache ich hier

Habe mich auf was eingelassen: acht Tage Lüneburch schon. Als ob ich verheuratet wär und gern mal das Haus verließe. Was mache ich hier? Frag ich wie Chatwin. Wohne in Harry's Elternhaus, wo die abgestellt waren, als der Vater Epileptiker ward. Gegenüber zu Heines Zeit ein üppiger Garten, heute der Knast. Da spielen sie Tischtennis hinter riesigen Drahtglasscheiben. Die Literaturhaus-Leiterin heiratet in ein paar Tagen. Ich sag, ich bin gespannt, wieviel Jahre Sie kriegen!

Hocke gestiefelt und gespornt mit einem Töppchen Lotos-Tee an einem fremden Schreibtisch. Eine breite Platte von Metallröhren getragen. Im Knaste noch oder schon Licht. Gegenüber und gleichfalls vergittert ne Volksbank. Blicke auf Mauern und Automobile. Ich werde es hier nicht lange aushalten können. Wann ich den Himmel zu sehen wünsche, bleibt nix anderes übrig, als mir uff den Fußboden zu legen, den Hals sehr verrenken. Dabei ist dies ein echtes Renaissancehaus mit Wandmalereien aus dem 16. Jahrhundert. Gemalte Schleier, flatternde weiße Gardinen über Märzbecher hin in dem Raum, wo die Dirndl vom Literaturbüro sitzen.

Musste die Gelegenheit der kleenen wohlausgestatteten Stadt beim Schopf ergreifen, für meine Frau Mutter zu ihrem achtundachtzigsten Geburtstag einen feinen Schlafrock ausfinden. Mit Kolibris itzt, Taschen um hartes Brot für die Gänse. Darnach habe ich mir die Altstadt besehn. Stumpfrote Backsteinhäuser, der fetteste Kirchturm der Region, den ich vom Vorüberfahren ja kannte. Der Fluss ist eigentlich mickrig, heißet die Ilmenau. Dennoch hat Harry an seinem Ufer Die Loreley geschrieben, ich schwör es. War gerade inn, eine Lore Lay/Loreley zu machen, Arnim und Brentano hatten schon eine. Ich konnte Harry letzte Nacht rumschlurfen hören, aus seiner Richtung zirpte ein Klavichord.

Der innigste Freund damals in Lüneburch, in das Heine fünfundzwanzigjährig kam, war Rudolf Christiani. In den Abfallgruben, die vor ein paar Jahren bei der Restaurierung des Grönhagenschen Hauses, müsste man sagen, von 1544, aber nun ist es das Heinrich-Heine-Haus und Harry muss umgehn, also in den Abfallgruben fanden sich Überreste aus der Zeit um 1800, die an die Besuche vom eleganten und großzügigen Christiani denken lassen: Weinflaschen, zerbrochenes Meißner, Austernschalen. So hat Harry Heine über seinen Freund Rudolf Christiani gedacht:

Diesen liebenswürdgen Jüngling
Kann man nicht genug verehren;
Oft traktiert er mich mit Austern,
Und mit Rheinwein und Likören.

Zierlich sitzt ihm Rock und Höschen,
Doch noch zierlicher die Binde,
Und so kommt er jeden Morgen,
Fragt, ob ich mich wohlbefinde;

Spricht von meinem weiten Ruhme,
Meiner Anmut, meinen Witzen;
Eifrig und geschäftig ist er
Mir zu dienen, mir zu nützen.

Und des Abends, in Gesellschaft,
mit begeistertem Gesichte,
Deklamiert er vor den Damen
Meine göttlichen Gedichte.

O, wie ist es hocherfreulich,
Solchen Jüngling noch zu finden,
Jetzt in unsrer Zeit, wo täglich
Mehr und mehr die Bessren schwinden.

Die zweite Nacht bei Austern und Champagner mit Harry und Rudolph, welche außer mir noch eine Sängerin einluden, die Salbeitee zu trinken vorgab. Sie sagte zu Harry »unter uns Fischweibern«, und zu Rudolph »gelt Rüdi, du weißt, wie uns Sprotten gern zumut ist!« Saßen alle ein Stockwerk höher, wo die gemaleten Vorhänge sich bauschten. Die das Team von arte, als sie hier mit Grass für einen Kartoffel-Themenabend drehten, gar nicht wahrgenommen hat. Arrogante Knochen. Harry wusste mit GG nicht viel anzufangen und sagte, er käme nur noch in den Vakanzen der Stadtschreiber her. Wenn er ein wenig in die Black-Box sehen wolle, was ihn mit seinem Ableben versöhne. Er hat mir einen nordirischen Tabak genannt, den ich nun suchen kann, der selten im Ausland nur vorkommt: Erinmore Flake aus Belfast.

Linkisch

Bei der Gartenarbeit oder beim Malen bin ich beidhändig, beim Schwimmen sowieso. Und seit 1988 habe ich mit der Linken zu schreiben begonnen. Einesteils, um der Symmetrie Genüge zu tun, andererseits weil ich glaubte, meine rechte Gehirnhälfte würde vor Freude einen Luftsprung machen. Oder wenn ich einen Schlaganfall erlitte, wär ich gewappnet. Anfangs war mein Unterfangen schwierig, die Feder schlug aus wie ein Lügendetektor. Kaufte mir Hefte mit Doppellinien. Bemühte mich, jeden Tag eine Seite zu schreiben. Hörte im Radio meine Literatursendungen dabei. Die Feinmotorik der linken Hand ließ lange zu wünschen übrig. Die Art und Weise, wie bei solcher Tätigkeit die Gedanken in die Feder und auf die Papiere gelangten, war vom rechten Schreiben lange sehr unterschieden. Die Konzentration hammerfest. Nach zehn Jahren kann ich bei den Hervorbringungen meiner geförderten Linken langsam so etwas wie eine Schrift erkennen, wenns an der Schnelligkeit auch hapert. Erstaunlich, dass die Schriften voneinander differieren, abgesehen von ihrer Geschwindigkeit, ihrer Ausgeschriebenheit, fällt auf, dass etliche Buchstaben, vor allem die Kapitelle, sich unterscheiden. Mag von rechts- und linkslastigen Kurven herrühren, einem verschiedenen Überschwang der geehrten Hirnhälften gar. Und die U-Bogen, die ich immer noch führe, sie begannen bei der linken Hand eines Tages zu trudeln.

Herzgespann

Der Grüne Weg, den es an jedem Dorfrand dieser Landschaft noch gibt, und der im Sommer die einzige Möglichkeit bietet zwischen Viehkoppeln mit wilden Bullen zu spazieren, hat Ende Juli erst bunte Ränder erhalten, so nördlich liegt dieser Landstrich. Klatschmohn erscheint, der gut anfliegen und sich festzurren konnte, an den Gräben Sumpfschafgarbe, die ich liebe der grünlichweißen Blütenknöpfe wegen, einer bezaubernden melancholischen Farb muss ich sagen, große Sternmieren haben sich aufgerissen, der Hirschsprung steht an seinem Ort. Weitaus mehr Kuckuckslichtnelken beugen sich über die Wasserlöcher als zuvor als Wir hier gingen. Der Blutwurz erscheint, Johanniskraut bietet sich an, die Sprache allen Getiers für ein Jahr zu verstehn, wenn du ein neunmal perforiertes Blatt in der entsprechenden Nacht ißt. Hunds- und Kälberkerbel tragen Samenkronen inzwischen, ihr vergangenes leuchtendes Weiß wird von Margeriten gehisst, der aufrechte Ziest gerät zur Barriere am Wegrand, unterbrochen vom schreiendbuntblütigen Hohlzahn. Zwei Pflänzchen Herzgespann winken mit handförmigen Blättern. In den Gräben steckt der Froschlöffel, dehnt Wassernabel sich aus. Rohrkolben haben Zigarren angesteckt jung und grün, die gelben männlichen Blütenstände schweben darüber. Alle breiten Vorfluter sind von Wasserlinsen dermaßen erobert, dass ihnen eine stumpfe Rauhigkeit, eine borkige vermeintliche Festigkeit zueigen ist. Kein Quentlein Wasser schaut vor, kein Blinken und Blitzen und Spiegeln ist möglich. Diese Gewässer in ihrer künstlichen Geradheit scheinen Straßen zu sein, wenn mein Blick zufällig drauftrifft erschrecke ich, als wäre ich im Begriff eine zu betreten. Vielleicht im Traum. Ich bin auf unseren Spuren. Doch wie schnell jetzt mein Schritt ist. Ich kann unsere Sätze auffangen. Passiere den Reiherbaum mit der eingeflochtenen Hundsrose, verharre bei einem Dutzend junger Stiere. Wo ist der uns vorgetanzt hat? fragen sie mich. Eine dunkle Limousine fährt in eine geöffnete Koppel, deren gemähtes Gras in Reihen liegt. Geschwartet, wie der Arbeitsgang in Weltrand benannt ist. Der Wagen hält vor einem geschlossen Tor, drei gewaltige Männer steigen aus. An ihren Knotenstöcken erkenne ich, dass es Viehhändler sind. Sie stapfen stockschwingend durch hohes und durch geschwartetes Gras, betrachten die Stiere. Winken mir zu anscheinend.

Früh durch die halbe Galaxis!

Zu den Annehmlichkeiten der ersten Nachkriegszeit gehörte nicht nur die Abwesenheit ständig sich einmischender Väter, die monatelangen Ferien, sondern auch der Tatbestand, dass mit dem wiederaufgenommenen Unterricht im Herbst 45 die Phantasie für kurze Zeit in die Schule gelangte. Das Mobiliar unserer Anstalt war requiriert oder verheizt, dass wir uns schließlich mit eigenen Tischen, bequemen Stühlen in den Klassen wiederfanden, an den Wänden Bilder von Oma und Opa, herrliche Lampen unbedingt, und ein Kanari. Die neue Geborgenheit erreichten wir auf einem gänzlich verwandelten Schulweg durch gruselige Trümmerlandschaften, es ging im wahrsten Sinne des Worts bergauf bergab über Leichen. Unsere Lehrer waren entweder sehr alt oder sehr jung, die Schulbücher noch nicht gedruckt. So konnte es geschehn, dass ich als eines der wenigen nicht ausgebombten Kinder, dessen Eltern nochdazu über einen gefüllten Bücherschrank verfügten, ausersehen wurde, die jeweils notwendigen Gedichte für meine Mitschüler aufzuspüren. Ich konnte mich dabei auf eine vorzügliche Anthologie stützen, den Echtermeyer. Seit ich lesen konnte, bedeutete dieser Wälzer für mich den Einstieg in ein Wunderland. Unsere Ausgabe von 1926 war die 45. erweiterte Auflage, und im Verlag der Buchhandlung des Waisenhauses der Franckeschen Stiftungen Halle (Saale) erschienen. Mein Vater hatte mit seinen vielen Geschwistern, wie sie ein protestantischer Pfarrhaushalt damals wohl mit sich brachte, das Internat ebendieser Stiftungen besucht, und ich kannte viele Erzählungen meiner Tanten und Onkel darüber, sah die Stockflecke, die es damals im Echtermeyer schon gab, mit einer anteilnehmenden Gänsehaut. Für meinen Job als Gedichte-Auswähler erwies sich das weinrote Buch seiner Rubriken wegen als denkbar praktisch. Sie hießen Frühling, Sommer, Herbst, Winter, Der Morgen, Der Mittag, Der Abend, Die Nacht, Zu Lande, Zu Wasser, Märchen, Ackerbau, Handwerk und Industrie, Handel und Verkehr, Heimatland, Güter des Lebens, Glück und Unglück, Gewissen, Geschichte, Philosophie und Lebensalter. Die Gedichte reichten bis in die Neuzeit, deren Vertreter 1926 Stefan Zweig, Rilke und Wildenbruch hießen. Aus diesem Buch also oblag es mir, Gedichte zu wählen. Zum Vorlesen gerne die längsten Balladen, zum Auswendiglernen kürzere Stückchen. Natürlich wurden wir im Alter von zehn Jahren in dieser lehrplanlosen Zeit zum Interpretieren der Verse schon angehalten. Sollten uns dem Geschmack und den Vorurteilen unserer Lehrerin beugen. Was den Spaß an den schönen Gebilden geschmälert hat. So wich ich bald auf das umfangreiche, mal nach Überschriften, mal nach Zeilenanfängen geordnete Inhaltsverzeichnis aus. Die schweifenden Blicke hier entlang brachten neue und zweifellos recht moderne Gedichte mir ein. Entzückendes Sirren im Kopf. Herrschte die schönste Anarchie, fand ich das höchste Glück bei dermaßen scheinbaren Gebilden. Sauste der Grips durch die halbe Halbe Galaxis. Solches Erleben hat angebahnt, dass ich bis heute Gedichte als Halbzeug erachte. Gleichgültig ob es sich um fremde oder eigene handelt. Höchstens zu neunzig Prozent ist eines fertig. Den Rest, das Leben haucht der Leser ihm ein. Bringt es zuende, in Einklang mit seinem Seelenzustand zur Tatzeit, den gesammelten guten und furchtbaren Erfahrungen bis dato. So verfügt man jederzeit über neue Gedichte, selbst wenn man keine Bücher mehr anschafft. Dann gibt es auch endlich keine angeblich gültigen Interpretationen mehr, wie sie im Lande beliebt sind, vielleicht wie ein Geländer nützlich sein mögen. Mancher aber geht lieber die steilste Strickleiter rauf oder runter, bis ihn schwindelt oder er abstürzt.

Riesenland

Seit ich in Weltrand hier wohne, besitze ich einen herrlichen Schatten. Solch einen habe ich vorher niemals besessen. Weil die Lichtverhältnisse einfach nicht günstig waren. Aber hier, hier auf Meeresspiegelhöhe jetzt angestammt und die Sonne abends und morgens vor oder hinter den Kniekehlen stehend, geht mein Schatten ins Abenteuerliche und legt sich als Brücke erst einmal über die Gräben aber auch Vorfluter weg. Die winkenden Schattenhände schweben Meter weiter über dem Reiherbaum.

Unter den Wellen

Er begrüßt mich bei unsrer ersten Begegnung in seinem Gartenhäuschen am Starnberger See. Paletten mit Callatöpfen, den Segelblüten, bis an den Bootssteg. Ja, sie haben Bootsstege, Häuser mit Fenstern wie wir. Geglückte Spiegelungen, sagt Triton und reißt sich ne hübsche hellgrüne Muschel aus seinem Schopf. Dann stehen wir unter den Wellen vor Seestücken, in sechshundert Jahren gemalt. Sie werden einfach nicht trocken, klagt er, ich sage, das ist das Besondere, Triton. Er hat ein Wrack der Armada auf seiner Staffelei. Hält meine Hand, dass ich Schwimmhäute spür.

Im Äther

Dort hab ich Iso getroffen und er hat mich telefonisch in seine Küche geführt zu Espresso und Biskuits. Ach haben wir schön geredet. Nicht nach der merowingischen Rechtschreibereform, das wär schöngeredet. Über die vielen Schwalben in Sils-Maria. Dass er jetzt Seamus Heamey entdeckt hat. Ich sag ganz forsch, dass der mir ne Winzigkeit bieder erscheint, dauernd spricht er von seinem grabenden Vater. Mag sein, dass ich traumatisiert bin von all mein Stalinismus-Materialismus in der Kindheit. Beim Skácel, sagt Donny, gibt es schlechtere Gedichte, aber auch luftige herrliche zuhauf. Ja, sein Scheißstaat hat ihn kapores gemacht so oder so. Wo sitzen wir jetzt? Noch in der Küche? Nein, auf dem Sofa. Wo sitzt du? Rechts, von dir aus links. Ich sag, später schwöre ich wieder, wir haben uns gesehen. Er sagt, sehen kannst mich eh nicht mit dein allergisches Aug. Ich sag, das war schön bei dir auf einen Kaffee, die Bisquits waren nicht schlecht. Das letzte Mal hattest nur Vollkornkekse. Ja die waren furchtbar, die hab ich in der Schweiz gelassen.

Novemberwind

Wir leben in Matschedonien wieder. Und zwar am dreizehnten Jahrestag des Mauerfalls, dem Tag der Einführung der Banane. Gab es wieder Schabowski zu sehen mit dem Zettel von Egon Krenz in die internationale Pressekonferenz reingereicht, und weil sie unfähig waren, etwas zu formulieren, flog die Mauer dann auf. Trotzdem gehörte Glück dazu, dass es nicht zu Mord und Totschlag kam, der russische Botschafter nicht sofort in Moskau anrief. Zum Küssen, wie die alten Weiber im Nachthemd, nur einen Mantel übergeworfen, auf die Bornholmer liefen. Gegen Abend Gespensternebel, habe mich ringestürzt, ein paar Krähen klapperten über mir hin.

Blätterhände

Habe an Texten gesessen, Allerlei aus dem Journalergebiet herausgefischt und mit Luft verschnitten. Das ist herrlich, vergeht das Leben im Traum. Was du liest, was du denkst, was du hörst bei der Arbeit – alles in mindestens drei Etagen was du erlebst. Und Blätterhände flattern oder schweben und liegen im Garten. Da entlaubt sich grad die Platane, so klingt das Glück, raschelnd. Und Susie Santiago schickt ein Packerl mit einem perlenbestickten Duftkissen aus Königslutter und eine Puppentasse mit Stiefmütterchen druff. Ein Foto mit dem Jagdfries vom Dom: grimmige Hasen fesseln den Jäger, ah das geht ran! Außen an denen heiligen Kirchen ists gestattet, den Frefel zu zeigen.

28. Zebra 2003 Freitag. Null Grad. Bleigraue Himmelsfarb, die rote Sonn schaute for fünf Minuten durch ein Loch über die Eider. Sollte mal regnen, sieht alles räudig aus. Das letzte Zebra zockelt dahin. Um elf war ich mit Kawabata fertig. Sehr irre, glasklar und herrlich. Kann man sich bloß verneigen und einen echten Kimono wünschen. Aber was lese ich fürderhin? Kann ich gleich in die Eider gehen, weil das der letzte übersetzte Kawabata ja ist. Es spielt ein Kimono eine Rolle, mit eingewebten Kiebitzen und Schneesternen, im ganzen düster wirkend. Hab in meiner Verzweiflung ein Reclam-Bändchen von 1974 aus der Deutschen Demokratischen DDDR von Kawabata gesucht und gefunden, das so schlecht gedruckt und gebunden ist, dass ich es nie gelesen hab. Ein Buch von Stoffdesignern und Kunstwebern. Von Steingärten, Blüten und alten Bäumen umkränzt, Kyoto geheißen. Der Stoffentwerfer versucht, sich von Klee inspirieren zu lassen. Ich kann im Indernetz bei denen Antiquariaten noch suchen, sonst Einzelselbstmord.

Willkommen

Vieruhrvierundvierzig bin ich erwacht, hatte im Traum erfahren, wohin ich welche Möbel räumen könnte, wenn die Handwerker kommen. Habe mir mein Espresso bereitet. Die Bachsöhne musizierten auch schon. Setzte mich dazu mit meinem Koffie.

Baumläufer

Mit Scotti im Äther getroffen. Von meinem Baumläufer gesprochen, wie der beste Spiralen am Stamm hinlegt. Dann auf Kokosläufer gekommen. John Elsas hat ihn erreicht. Wir haben gelacht, nur auf dem höchsten Niveau vertrotteln, das wär es. Der kleine Kokosläufer! A bisserl billig! hab ich gesagt, und er: aber liab! Nun besprechen sie Keto von Waberer in Büchermarkt – das wär ganz große subtile Kunst. Na warum nicht.

Glückskind

»Gut, dass die Häuser innen hohl sind!« Der im Sturm herbeigerufene Klempner drückte mit der linken Hand die Prinz-Heinrich-Mütze auf den Kopf, die rechte stemmte den Zieharmonika-Werkzeugkasten durch die Tür, als ich aufriss. Welch unvergleichlicher Satz! Wie früher zu ähnlicher Jahreszeit hatte die veraltete Ölheizung den Geist aufgegeben, zusätzlich war die Personage des arktischen Vorpostens durcheinander geflogen. Fand die Abwanderung eines Tonsetzers in Neue Bundesländer statt, Schafe stolperten in eine andere Arche. Der Klempner oder der Spengler taute mit der Lötlampe das paraffinierte Öl sachte auf, unser Leben geriet in seine gemeine Bahn. Ja, der Hund hat sich verlaufen, die Katzen blieben. Ich war ein rechter Hans im Glück! Die Arbeit ist leichter geworden. Windstärke zwölf eine Woche. Nach Allerheiligen, Allerseelen folgt Deineraugen. Reiher und Bussard fliegen sehr niedrig. Hat den Anschein, als würde der Wind mit ihnen kegeln. Später sehe ich den Bussard zu Fuß, wie er sich nach Tagen im Orkan zu ernähren versucht. Die Prinz-Heinrich-Mütze hat sich in der wilden aufgewirbelten Luft auf ihre vorbestimmte ellytpische Bahn geschwungen, entglitt für immer.

25. Oktopus, Sams

Sollte die restlichen Rosen pflanzen. Die Plätze stehen fest. Kuhmäulern entrückt. Alte Rosen mit verlässlichem Duft wider die Gülle. Der Boden ist so trocken, dass ich die Fehde mit Erdreich, dem Klei hier gewinne. Später brauch ich ne Hülfe zum Bäumefällen. Später. Die jungen Bäume auf der ehemaligen Schafswiese die Straße entlang sehen manierlich aus, obgleich die Gestalten zwei Jahre erst stehn. Also die Pflanzerei muss über die Bühne gehen, ein paar Stücke Post sollen das Haus verlassen. Schnellreisende Altdorferwolken in großer Höhe, über dem Erdboden ist es windstill. Kein Anruf den ganzen Tag. Gehör dem Trappistenorden auch an. Dem Postmenschen zugenickt. Der mir Schallplatten – nein, CD'er vor die Tür gestellt hat. Kann ich das Magnifikat hören. Womit ich mich zu DDR-Zeiten über Wasser gehalten. Ich würde jetzt gerne bis Reethbucht gehen, aber sie fahren ringsherum Gülle. Man merkt nicht, dass ein Bauer sich uffgehängt hat. Der nächste hat doppelt so viele Kühe wie vorher, das ist alles. Die fallen neuerdings gern in die Gräben.

Hochwasser

Bei null Grad gibt es Schnee satt. Es ist noch dunkel, nachher mal schaun wie alles sich darbietet for die Augen. Später für die Füße, ob Glatteis herrscht und so weiter. Gab einen Orkan über Südwestdeutschland, zwei Tote in Würthemberg. Hochwasser auch. Im Norden dafür Blitzeis. Hochwasser auch in Niedersachsen. Gestern mit dem Blauen Mauritius »Playtime« von Tatischof gesehen, wunderbar. Als Tati alles fertig hatte und Pleite war, fand keiner den Film gut. Aber heute! Manchmal dauert es lange. Hochwasseralarm in Bad Gandersheim. Roswitha in Gummistiefeln im Kreuzgang. Himmelblaue mit sonnengelbe Uffschläge noch. Größe 42. Sie füttert die Vögel. Ein weißer Angorakater schleicht sich an. Meidet den Schnee der hereingeweht ist. Ich werd auch mal die Vögel füttern. Mein Kater ist ein gewöhnlicher. In Schwarzweißtechnik. Ich habe mir linksseitig den Hals verrenkt. Ich weiß nicht nach wem.

Ananas im Schnee

Jetzt aber sehr tief verschneit! Und es ist kein Ende dieser Überschüttungen abzusehen. Minus vier Grad. Vor Schneeverwehungen wird gewarnt. Ein sehr schöner Fagiano war an der Futterstelle. Ich dachte zuerst, ich seh eine Ananas im Schnee. Werd ich Hühnerfutter bestellen. Hab an mein Laptop gesessen und Wörter verschoben. Es gibt genügend zu tun. Es schneit wieder, nachdem die Sonne sich fast durchradiert hatte. Maurizio schickt sich an, mit den Skiern aufzubrechen. Fünfzehn Uhr war die Post noch nicht durch. Die Pegel der Hochwasserflüsse fallen. Die Moldau in Südböhmen überschwemmte viele Orte. Bei Sömmerda drohte ein Deich zu brechen, Artern wurde evakuiert. Maurizio der Schneewanderer kocht halbseidene Klöße. Ich schreibe am Logbuch. Sechzehnuhrsieben versinkt eine knallrote Sonne über dem Schnee und im Eckschrank. Die Vögel haben den ganzen Tag um ihr Leben gefressen am Vogelhaus.

Schlusspunkt

Ein hübscher Landregen setzt ein, die Hochs sind verbraucht. Und jetzt bei trübem Wetter ists im Ostsalon zappenduster, das macht das Weinlaub auf den Fensterscheiben, dass ich mich doch mal rausschneiden muss. Wächst ja wieder. Ich seh zu, dass ich die Ranken abziehen und hängen lassen kann. Oh yes, dabei hör ich die Schottische und die Italjänische Sinfonie ganz versunken. Habe mein Dornröschenfenster zu zwei Drittel vom Grün schon befreit. Und siehe! Hinter dem Wilden dem Wein kamen meine Bourbonrosen hervor, die sich gerade zu blühen anschicken. Schwarzer Himmel dahinter und die pechschwarze Eider. Auf welcher ich mitunter Jules Verne mit seinem Bruder Paul fahren seh auf ihrer Dampfyacht von Anno 1881. Da wurden die Pläne zu diesem Haus gerade gezeichnet.

Inhalt

Bibliographische Information Der Deutschen Bibliothek
Die Deutsche Bibliothek verzeichnet diese Publikation
in der Deutschen Nationalbibliographie; detaillierte
bibliographische Daten sind im Internet über
http://dnb.ddb.de abrufbar.

Schutzumschlaggestaltung:
R.M.E., Roland Eschlbeck und Rosemarie Kreuzer
Umschlagabbildung: Giovanni Segantini, Le cattive madri
© akg-images
Typographie und Satz: DVA/Brigitte Müller
Gesetzt aus der Walbaum
Druck und Bindung: Clausen & Bosse, Leck
Printed in Germany
ISBN 3-421-05866-0